AF509899

RECHERCHES

SUR

LA NATURE, LA CAUSE ET LE TRAITEMENT

DU CROUP

ou ANGINE SUFFOCATIVE,

Par SAMUEL BARD, Docteur-Médecin et Professeur
à New-York ;

Traduit de l'anglais, par F. RUETTE, Docteur en Médecine , Médecin de bienfaisance, Membre de l'Aca-
démie de Médecine de Paris , de la Société Médicale ,
de celle de Médecine-Pratique , etc.

Is rectè curaturus quem prima origo
causæ non fefellerit. CELSUS.

A PARIS,

Chez ALLUT, Libraire, rue de l'Ecole-de-Médecine, n°. 6.

1810.

PRÉFACE DU TRADUCTEUR.

Cᴇᴛ ouvrage parut à New-York en 1771. On n'en trouve aucun exemplaire à Paris ; il n'est même connu en France que par une relation de Michaëlis, insérée dans la Bibliothèque chirurgicale de Richter (1) ; mais loin de contenir un exposé impartial de la doctrine de *Bard*, cette relation en est une critique très-amère. Après avoir soutenu à Gottingue une thèse fort intéressante sur l'angine polypeuse , Michaëlis passa à New-York, où il eut occasion d'observer cette maladie dont il n'avait vu qu'un exemple ; mais il devint l'ennemi particulier de Bard, à qui il reproche d'avoir sacrifié un grand nombre de malades.

Je ne veux point m'établir ici le panégyriste

---

(1) Nous devons à M. Double la traduction des deux lettres que Michaëlis écrivit à Richter relativement à la doctrine de Bard. *Voy*. Journal de méd. de M. Sédillot, 1809.

du médecin américain. Personne n'approuvera ce qu'il dit de la putridité des humeurs, de la saignée, dont il abandonne l'usage à la discrétion de chaque praticien, des préparations mercurielles, qu'il regarde comme spécifiques. Il n'est donc point étonnant qu'une expérience mieux raisonnée l'ait forcé dans la suite à changer de méthode curative ; cependant son ouvrage, tel qu'il est, mérite d'être connu ; il contient des faits très-intéressans : nul auteur, sans en excepter *Home*, ne remonte, avec plus de sagacité, à la cause matérielle du *croup*, sans laquelle il est impossible de se former une idée exacte de cette maladie. Enfin le traitement qu'il propose, quelque défectueux qu'il soit, ne doit point être ignoré ; car le médecin qui étudie une maladie obscure et difficile, pourrait être comparé à un navigateur qui va à la recherche d'un pays inconnu. Il est également important à l'un et à l'autre de connaître, non-seulement les découvertes de ses prédécesseurs, mais encore les écueils contre lesquels ils ont échoué.

RÉCHERCHES

SUR

LA NATURE, LA CAUSE ET LE TRAITEMENT

DE L'ANGINE SUFFOCATIVE.

» Comme c'est principalement par l'histoire
» exacte des maladies, de leurs différens sym-
» ptômes et de leurs traitemens que l'art de
» guérir peut faire des progrès, les méde-
» cins doivent décrire avec la plus scrupuleuse
» exactitude celles qu'ils ont traitées, et ren-
» dre compte des bons ou mauvais effets des
» méthodes curatives qu'ils ont employées.
» Mais quand une maladie est extraordinaire
» ou nouvelle, c'est surtout alors qu'il est né-
» cessaire d'entrer dans tous les détails concer-
» nant les signes pathognomoniques et diagnos-
» tics, les évacuations, le régime et le traitement
» qui ont été utiles ou nuisibles. »

HUXHAM.

Convaincu de la vérité et de l'importance de
ce précepte de *Huxham*, je me propose de dé-

crire l'histoire d'une maladie qui a paru depuis peu parmi les enfans de cette ville, et qui, à raison de sa rareté et du danger qui l'accompagne, est bien digne de fixer notre attention. Je vais donc rapporter avec soin les symptômes qui se sont développés dans cette maladie, et les phénomènes que m'a offerts l'ouverture cadavérique de ceux qui y ont succombé ; j'examinerai ensuite sa nature et les causes qui la produisent, et enfin j'exposerai la méthode curative qui a eu le plus de succès.

Cette maladie n'attaquait en général que les enfans au-dessous de dix ans, quoiqu'un petit nombre de personnes plus âgées, et particulièrement les femmes, aient éprouvé, pendant qu'elle régnait, des symptômes qui ressemblaient sous quelques rapports à ceux de l'angine suffocative. Plusieurs de ceux qui en furent atteints se plaignirent d'abord pendant quelques jours de lassitude et de faiblesse. Un œil humide et légèrement enflammé, une figure bouffie et livide, quelques éruptions rouges à la face, furent en bien des cas les premiers symptômes qui se déclarèrent. Un malade eut un petit ulcère au nez d'où il découlait une humeur ichoreuse si corrosive qu'elle enflamma et ulcéra la lèvre supérieure. C'était à cette époque ou bien peu de temps après, que les malades, lorsqu'ils avaient l'usage de la parole, se plaignaient d'une sensation désagréable à la gorge, sans y ressentir une vive douleur. Les amygdales étaient gonflées, légèrement enflammées, et couvertes de petites taches blanches qui quelquefois croissaient au point de former une espèce de croûte qui recouvrait entièrement ces glandes. Ce gonflement, chez un petit nombre de malades, fut assez considérable pour obstruer entièrement le gosier; mais quoique fréquent, il ne fut pas constant chez tous les malades, et quelques-uns éprouvèrent tous les autres symptômes sans celui-là. L'haleine n'exhalait aucune odeur désagréable, ou ressemblait seulement à celle des personnes qui ont des vers. La déglutition était très-peu embarrassée ou même entièrement libre.

Ces symptômes, auxquels se joignait pendant la nuit une fièvre légère, continuaient chez quelques-uns pendant cinq à six jours, sans donner aucune inquiétude; tandis que chez d'autres la difficulté de la respiration survenait en vingt-quatre heures, particulièrement pendant le sommeil, et devenait tout-à-coup tellement effrayante qu'elle faisait craindre une entière suffocation. Cependant ce symptôme venait en général plus lentement, augmentait par degrés, et n'était pas constant. Quelquefois le malade respirait librement pendant une ou deux heures, et la respiration redevenait ensuite tellement laborieuse qu'il paraissait incapable de remplir sa poitrine, comme si l'air eût été attiré à travers une ouverture trop étroite.

A cette époque de la maladie, il survenait tout-à-coup une grande prostration de forces, une toux sourde, sèche, fort remarquable, et la voix prenait un ton difficile à décrire, mais si extraordinaire, que quiconque l'avait observé une seule fois pouvait aisément reconnaître cette affection lorsqu'il entendait le malade parler ou tousser. La voix, chez quelques-uns, fut entièrement éteinte et continua d'être faible et basse plusieurs jours après leur rétablissement. La maladie se compliquait ordinairement d'une fièvre qui devenait plus intense la nuit. Quelquefois il y avait, le matin, une rémission manifeste. Le pouls était en général vif, petit et intermittent sans être très-profond ; et il était à remarquer que les pulsations du cœur avaient en même temps une assez grande force. La chaleur n'était pas considérable et la peau était ordinairement humide. Ces symptômes persistaient un, deux ou même trois jours, s'exaspéraient ensuite à un très-haut degré chez ceux qui succombaient à la maladie. C'était alors aussi que les symptômes nerveux qui s'annonçaient ordinairement dès le commencement de la maladie, acquéraient plus d'intensité. Cependant les malades, lors même qu'ils étaient réduits à l'état le plus désespéré, conservaient l'usage de la raison, et répondaient aux différentes questions qu'on leur adressait; mais quand on les laissait tranquilles, ils tombaient dans une espèce de sommeil léthargique dont ils se réveillaient à peine lorsqu'ils prenaient leur boisson. Il survenait vers la fin de la maladie beaucoup d'inquiétude et d'agitation. Le malade tourmenté d'une toux continuelle, se tournait à chaque instant d'un côté de son lit à l'autre; mais il était dans un tel état *comateux*, qu'il paraissait endormi au moment même où il venait de changer de position. L'abattement et une langueur universelle se répandaient sur tout le corps, le gonflement de la face persistait, une sueur abondante découlait du front et de la poitrine, surtout pendant le sommeil; il survenait quelquefois des évacuations naturelles; enfin la respiration devenait tellement oppressée qu'elle était souvent totalement arrêtée par *obstruction*, et les malades mouraient évidemment de *suffocation*. Cette funeste terminaison arrivait ordinairement quatre à cinq jours, et souvent trente-six heures après que la difficulté de respirer avait commencé. Un enfant resta dans cet état pendant huit jours, et la veille de sa mort, son haleine et ses crachats répandaient une odeur un peu désagréable ; mais c'est le seul chez qui ces derniers symptômes se soient manifestés. Sur seize malades qui éprouvèrent une semblable suffocation, il en mourut cinq avant le cinquième jour, et deux avant le huitième : parmi ceux qui se rétablirent, un seul eut une salivation très-abondante qui commença le sixième jour : la plupart des autres furent soulagés par l'expectoration de mucosités épaisses.

Il ne faut pas confondre la salivation avec l'expectoration. L'une, produite par la sécrétion des glandes salivaires, était ordinairement sans toux ; l'autre, qui venait évidemment de la trachée, se manifestait par une toux continuelle. La salivation me parut critique chez un malade, car elle survint quoiqu'il n'eût pris que six grains de calomel : il n'avait ni les gencives enflammées, ni les dents branlantes, et l'on ne remarquait, ni dans son haleine, ni dans sa salive, cette odeur particulière aux personnes qui éprouvent une salivation mercurielle. La voix qui, chez ce malade, était forte et claire, devint en quelques heures tellement basse qu'à peine pouvait il se faire entendre.

La famille de M. W., habitant de New-York, fut une des premières à ressentir les effets de la maladie ; il avait sept enfans et tous en furent attaqués les uns après les autres. Chez les quatre premiers, les symptômes se développèrent tels que je viens de les décrire. Trois succombèrent à la maladie. Celui qui se rétablit eut cette salivation dont je viens de parler. Les trois autres enfans étaient les plus jeunes. Leur respiration n'était point difficile, mais ils furent incommodés d'ulcères derrière les oreilles. Ces ulcères commencèrent par de petits boutons rouges qui, d'abord épars, se réunissaient bientôt et laissaient suinter une liqueur ichoreuse, d'une telle acrimonie, qu'elle corrodait les parties voisines; de sorte qu'en peu de jours les parties postérieures des oreilles et du cou ne formaient qu'une croûte. Trois de ces malades eurent de la fièvre, surtout la nuit, et un d'eux fut tourmenté d'un ténesme continuel. Ce dernier symptôme parut chez quelques-uns de ceux qui avaient la respiration difficile; mais il fut porté à un degré bien moins considérable.

Plusieurs autres enfans eurent aussi de semblables ulcères derrière les oreilles, et chez quelques-uns la respiration fut très-gênée; mais ce symptôme ne fut jamais alarmant tant que cette évacuation eut lieu. Les ulcères durèrent pendant quelques semaines, se couvrirent, dans quelques endroits, de matières épaisses comme celle qui sort des amygdales, et devinrent à la fin douloureux et fort incommodes. Il survint chez quelques malades un gonflement des glandes sublinguales et des parotides. Il diminua lorsque l'éruption parut et tant qu'elle donna lieu à une évacuation suffisante. Cette évacuation venait-elle à se supprimer, le gonflement reparaissait.

Les symptômes que je viens de décrire épargnèrent les adultes; cependant une femme qui donna quelques soins à deux enfans qui moururent de cette maladie, éprouva des symptômes, qui d'abord ne semblaient annoncer qu'une angine inflammatoire; mais le troisième jour les amygdales se couvrirent de mucosités épaisses, le pouls devint petit et faible, la peau était humide, et il y avait de l'abattement et de l'anxiété; mais la respiration n'était point gênée comme chez les enfans.

La femme d'un soldat, après avoir éprouvé une petite fièvre, ressentit quelques douleurs à la gorge; ses amygdales se gonflèrent, et se couvrirent, ainsi que celles des enfans, d'un mucus très-épais; mais son haleine exhalait une odeur plus désagréable, et il n'y avait point de suffocation.

Trois ouvertures de cadavres m'ont fourni l'occasion d'examiner la nature et les signes de cette maladie.

La première ouverture fut celle d'une petite

fille de trois ans ; elle commença par se plaindre d'un malaise à la gorge ; les amygdales étaient gonflées, enflammées, très-rouges, sur-tout à leurs bords, et couvertes de croûtes épaisses ; léger mal de gorge, déglutition aisée ou très-peu gênée, douleur au-dessous du sein gauche, pouls fréquent, petit et intermittent ; chaleur du corps peu considérable, peau humide, gonflement de la face, grande prostration de forces, respiration très-difficile, toux très-rauque, changement complet de la voix, qui avait un accent particulier. Le lendemain la respiration, beaucoup plus difficile, offrait les symptômes que nous avons déjà décrits. *Il semblait que l'air était obligé de traverser un canal trop étroit*, de sorte que la malade était incapable de remplir ses poumons ; elle était excessivement agitée, se tournait tantôt d'un côté, tantôt de l'autre, et toussait continuellement ; elle conservait l'usage de la raison, et répondait aux différentes questions qu'on lui faisait ; mais lorsqu'elle était tranquille, elle tombait dans un état comateux, et qui approchait de la stupidité. Ces symptômes persistèrent pendant trois jours avec une nouvelle intensité ; la nuit du troisième au quatrième jour, la malade eut cinq ou six évacuations alvines, et elle mourut le matin.

A l'ouverture du cadavre, qui se fit le jour de

sa mort, vers le soir, on trouva toutes les parties postérieures de la gorge et la base de la langue couvertes çà et là de croûtes blanchâtres, les parties subjacentes plutôt pâles qu'enflammées ; nulle odeur désagréable ne s'exhalait de ces membranes ni du corps ; œsophage sain, épiglotte légèrement enflammée et recouverte , ainsi que toute la cavité du larynx, de mucosités blanchâtres semblables à celles qui venaient des glandes de l'arrière-bouche ; toute la trachée jusqu'aux divisions bronchiques , était tapissée d'un mucus épaissi en forme d'une membrane ferme et coriace. Parvenue dans les bronches, elle devenait plus mince, et finissait par disparaître entièrement ; elle était tellement coriace, qu'il fallait employer une force assez considérable pour la déchirer. Il fut facile de l'extraire de la trachée, à laquelle elle ne paraissait nullement adhérente, et elle avait l'apparence et l'épaisseur d'une légère peau de chamois. La membrane propre de la trachée offrait quelques traces d'inflammation. Les poumons étaient également enflammés comme à la suite d'une péripneumonie ; l'inflammation était sur-tout manifeste au lobe droit, où l'on remarquait de larges taches livides, quoiqu'elles ne fussent ni corrompues ni putrides. Le lobe gauche était couvert de petites taches qui ressemblaient à celles imprimées sur la peau par la

poudre à canon; lorsqu'on coupait quelques-
unes de ces larges ecchymoses qui étaient sur le
poumon droit, il en dégouttait une sanie san-
guinolente sans écume; au contraire, si l'on coupait dans une partie saine, on en voyait décou-
ler une écume blanchâtre légèrement teinte de
sang.

Le second sujet dont je fis l'ouverture était
un enfant d'environ sept ans, qui avait éprouvé
tous les symptômes de la maladie, quoique
les glandes de l'arrière-bouche, et la partie supérieure du larynx fussent restées entièrement sai-
nes. Le mal se bornait à la trachée, qui était tapissée d'un mucus épaissi, et assez coriace pour
former une espèce de membrane. Il nous fut
facile de l'extraire des grandes divisions de la
trachée, et l'on voyait évidemment que les petites ramifications bronchiques en étaient obs-
truées; car il est à remarquer qu'à l'ouverture
du thorax, les poumons ne s'affaissèrent point
comme à l'ordinaire, mais ils restèrent disten-
dus; ils étaient d'ailleurs fermes et pesans,
comme s'ils avaient été *farcis* de ce mucus épais
(stuffed).

Ma dernière ouverture cadavérique fut celle
d'un enfant de trois ans, qui n'avait vécu que
trente-six heures après que la difficulté de respirer s'était déclarée. Cependant le mucus épaissi

était déjà formé dans la trachée ; je le fis remarquer à tous ceux qui étaient présens, et personne ne douta qu'il n'eût été la cause de la mort de cet enfant.

Telle est l'histoire exacte de cette maladie ; telle est la marche qu'elle a suivie chez un grand nombre de sujets. J'en ai décrit les symptômes tels qu'ils se sont présentés à moi. Nous allons maintenant la comparer avec d'autres maladies semblables qui ont été décrites par les auteurs, afin de saisir les rapports qu'elles ont entre elles, et de voir si cette comparaison ne pourrait pas jeter quelque lumière sur les signes diagnostiques et le traitement de la maladie que nous examinons.

Le docteur Home, dans un essai publié il y a quelques années à *Édimbourg*, décrit une maladie qu'il nomme *croup* ou *suffocation striduleuse*. Elle n'attaquait que les enfans et produisait, dans la voix, un changement singulier et difficile à décrire. Il la compare à celle d'un coq : respiration difficile et laborieuse, déglutition assez aisée ; nulle inflammation remarquable à la gorge, douleur sourde à la partie supérieure du larynx ; quelquefois de la toux, mais une toux d'une espèce particulière, courte, suffocante, rarement convulsive ; expectoration peu considérable ou même nulle : tels étaient les symptômes de cette maladie. Les enfans, suivant *Home*, conservaient leur raison jusqu'au dernier moment; ils ne se plaignaient d'aucune autre maladie, et ils mangeaient souvent un instant avant de mourir. Ils éprouvaient ordinairement de l'abattement quelques jours avant d'être atteints de ce mal, et plusieurs avaient la figure enflée et bouffie.

. Ces symptômes suffisent pour faire voir que cette maladie de *Home* est la même que celle que j'ai observée, ce qui d'ailleurs est démontré par l'autopsie cadavérique. Dans les neuf ouvertures de cadavres dont il fait mention, il trouva constamment cette membrane muqueuse que j'ai décrite et elle offrit toujours le même aspect. Elle était d'une consistance ferme, peu adhérente à la trachée, d'où on pouvait quelquefois l'extraire sous la forme d'un tube; et, soit qu'elle affectât cette forme, ou qu'elle eût celle d'un mucus épaissi, elle pénétrait dans les plus petites divisions bronchiques, de manière à remplir leurs cavités, et à produire par conséquent la mort par *suffocation*. Il est vrai que *Home* ne compte parmi les symptômes ordinaires, ni le gonflement des amygdales, ni la croûte muqueuse dont elles se recouvrent; mais ces symptômes ne furent pas constans chez tous mes malades, et quelques-uns des siens eurent les amygdales et les glandes de la base de la langue gonflées et couvertes de mucus ; on ne peut donc pas s'empêcher de regarder ces deux maladies comme identiques.

La maladie décrite par *Fothergill* et *Huxham* sous le nom d'*angine ulcérée et maligne*, diffère de l'angine suffocative sous un grand nombre de rapports, et sur-tout à raison de cette éruption érysipélateuse, et de plusieurs autres symptômes qui annonçaient un haut degré de putridité dans les humeurs ; mais d'un autre côté, elles se rapprochent sous tant d'autres symptômes importans, que je ne puis croire qu'il y ait entr'elles une grande différence. La prédilection qu'elles semblent avoir pour les enfans, leur caractère contagieux, leur attaque, qui s'annonce par une irritation des yeux et un larmoiement, l'inflammation qui survient bientôt, le gonflement des amygdales et des parties voisines, les mucosités épaisses qui les recouvrent, la facilité de la déglutition, le soulagement procuré par l'évacuation du mucus nasal, par les ulcères qui surviennent derrière les oreilles, la fièvre et le paroxysme de la nuit, et surtout cette grande difficulté de respirer, cette toux rauque et sèche, et ce changement particulier dans le son de la voix, tous ces symptômes, qui se rencontrent également dans l'une et l'autre maladie, ne prouvent-ils pas que, quoiqu'elles puissent différer par leurs caractères spécifiques, elles se confondent du moins par leurs caractères génériques ? D'ailleurs les éruptions érysipélateuses et les autres symptômes putrides dont ces auteurs font mention, ne pouvaient-ils pas provenir de la constitution de l'air plutôt que de la nature de la maladie ; comme nous voyons des circonstances purement accidentelles rendre la petite-vérole bénigne ou maligne ? Cette conjecture est sur-tout applicable aux malades de Huxham, puisqu'il nous avertit que « dans presque toutes les » maladies de cette saison, sans même en ex- » cepter les pleurésies et les péripneumonies, » on remarquait des éruptions cutanées, tant » était grande la disposition de l'air et des au- » tres causes à former ces sortes d'éruptions » dans toute espèce d'affection fébrile. Pendant » toute cette constitution le sang que l'on tirait » aux malades paraissait très-peu épais ; mais il » était rouge et fluide, sur-tout au commen- » cement de la maladie ». Le même médecin assigne comme symptômes caractéristiques, la respiration suffocante, la voix rauque et cassée. « Le bruit que les malades faisaient en respirant » ou en parlant, nous dit-il, était si particulier » et si extraordinaire, qu'il suffisait pour faire

» distinguer la maladie, même par ceux qui n'en
» avaient qu'une connaissance imparfaite. »

Plusieurs médecins espagnols et italiens qui,
suivant Fothergill, ont écrit sur cette maladie, font également mention de ce symptôme ; c'est même ce qui les a engagés à la
nommer *garotillo , morbus strangulatorius ,*
preuve que la suffocation leur a paru comme à
moi le symptôme le plus frappant et celui qui
constituait tout le danger de la maladie. Enfin
s'il restait encore quelques doutes à cet égard ,
nous citerions l'autorité de *Moreau* , qui nous
assure que les Espagnols n'ont nommé cette maladie *garotillo* que parce que ceux qui en sont attaqués semblent éprouver les mêmes symptômes
que ceux qu'on *étrangle avec une corde.* Il
est même à remarquer que quelques-uns des auteurs qui ont écrit les premiers sur la maladie
de Fothergill la nomment simplement *garotil-*
lo , morbus strangulatorius, etc., sans s'in-
quiéter beaucoup des symptômes de putridité ;
tandis que d'autres, faisant plus d'attention à
ces symptômes, lui donnent le nom d'*abcès*
pestilentiel suffocant. Il y en a même qui ne
faisant nulle mention des symptômes de suffocation, nomment cette maladie *angine pesti-*
lentielle, angine gangréneuse , ulcère malin
de la gorge , etc.

Les anciens auteurs sont également partagés d'opinion relativement à sa contagion. Plusieurs assurent sans restriction qu'elle est contagieuse et pestilentielle, tandis que d'autres, et particulièrement *Cortesius*, médecin italien, pensent seulement qu'elle n'est pas tout-à-fait exempte de contagion (*non esse absque aliquâ contagione*).

On ne peut donc douter que la maladie dont parle le docteur Fothergill ne fût ordinairement compliquée de cette affection de la trachée, ainsi que de cette strangulation et suffocation extraordinaires qui caractérisaient la maladie qui vient de régner parmi nous. D'un autre côté, il est également évident que les symptômes de putridité, tels qu'ils ont été observés par ce médecin, ont souvent extrêmement varié suivant le temps et les lieux. Il paraît même assez probable que, lorsque les symptômes de putridité sont prédominans, la suffocation est moins considérable, puisque la putréfaction doit empêcher la formation de cette membrane muqueuse qui cause la suffocation.

Il est fâcheux que ni *Huxham*, ni *Fothergill* n'aient fait aucune ouverture cadavérique de ceux qui sont morts de cette maladie; mais le premier assure que quelques-uns de ses malades rendirent par l'expectoration des morceaux de

la membrane propre de la trachée, et il est probable que ces morceaux n'étaient autre chose
que ce mucus épaissi dont j'ai parlé, que ce médecin aura pris pour la membrane propre, à
cause de la grande ressemblance qu'il a avec
elle.

Monro l'aîné, en disséquant les cadavres de
quelques enfans qui moururent à Edimbourg
d'une maladie qu'on regardait comme un mal
de gorge putride, trouva cette même membrane
muqueuse qui tapissait la trachée, et se prolon-
geait dans les plus petites ramifications bronchiques. Elle ressemblait parfaitement à celle qu'on
trouve dans le croup. Elle ne se trouva cependant pas chez tous ceux qu'il disséqua ; mais il
est à remarquer que tous les enfans chez qui ce
phénomène se présenta avaient éprouvé, pendant toute leur maladie, cette difficulté de respirer qui est particulière à ceux qui ont le croup ;
preuve manifeste que ces maladies ont beaucoup de rapports entr'elles, et qu'elles peuvent
aisément dégénérer l'une dans l'autre.

N'est-il pas possible que les grandes évacuations qui, chez les malades de Huxham et de
Fothergill, venaient de l'arrière-bouche et de la
trachée, aient eu le même principe ; mais que
l'acrimonie et la putrescence aient été portées à
un trop haut degré pour que ces humeurs aient

pu acquérir beaucoup de consistance ? Ou ne pourrait-on pas supposer que les symptômes de putridité mentionnés par ces médecins ont été accidentels, et provenaient de la constitution particulière qui régnait alors, ou de quelque autre circonstance semblable, plutôt que de la nature de la maladie ? Cette opinion me paraît d'autant plus probable, que tout prouve que la difficulté de la respiration et la suffocation étaient des symptômes constans et invariables, tandis que ceux de putréfaction différaient suivant le temps et la constitution particulière de chaque malade. Bien plus, le docteur Fothergill fait mention d'une fille de douze ans qui, vingt-quatre heures après qu'elle eut été attaquée de la maladie, mourut, non de putridité, mais de suffocation (strangulation). D'un autre côté, d'anciens praticiens de cette ville m'ont assuré qu'ils ont vu, il y a quelques années, la maladie que je viens de décrire accompagnée d'érysipèles et de symptômes putrides très prononcés.

Tout porte donc à croire que la *maladie strangulatoire* des Italiens, le *croup* du docteur Home, le *mal de gorge* de Huxham et de Fothergill, la maladie que j'ai observée à New-York, celle du docteur Duglass de *Boston*, quelque différentes qu'elles puissent être sous le rapport de la putridité et de la malignité, ont cependant entr'elles la plus grande affinité; qu'elles peuvent se changer l'une dans l'autre, et qu'elles proviennent toutes du même levain qui, comme l'a observé le docteur Fothergill, consiste *dans un stimulus d'une nature particulière*, lequel, suivant différentes circonstances, produit une plus ou moins grande acrimonie des humeurs, et les dispose à la putréfaction. Il a une grande tendance à attaquer l'arrière-bouche et la trachée; son action se porte surtout sur les glandes muqueuses de ces parties, dont il provoque une sécrétion plus abondante que dans l'état naturel; ainsi sécrété ce mucus devient épais et visqueux, soit que cela soit dû à une qualité particulière de la maladie, ou à son repos et à sa stagnation dans ces parties.

Il paraît évident que cette affection est contagieuse; et, comme aucune espèce de miasme contagieux ne peut se communiquer que par le contact, celui-ci, quelle que soit sa nature, doit nécessairement, lorsqu'il est respiré par un enfant en santé, irriter par sa présence les glandes de l'arrière-bouche et de la trachée, et changer la nature de leurs sécrétions. Cependant l'infection, dans l'épidémie que j'ai observée, paraissait moins dépendre de la constitution particulière de l'air, que des miasmes que l'on respirait lorsqu'on s'approchait des personnes infectées ; et c'est par là qu'on explique pourquoi tous les enfans d'une même maison se trouvaient attaqués de cette maladie, tandis qu'elle épargnait souvent ceux de la maison voisine. Il est donc de la plus grande importance de mettre à l'abri de la contagion les enfans d'une famille, aussitôt que quelqu'un d'entr'eux en est attaqué. Je suis persuadé que cette précaution suffirait seule pour sauver la vie à un grand nombre d'entr'eux.

Je vais maintenant exposer la méthode curative qui m'a le mieux réussi dans cette maladie ; et d'abord, puisque tous les symptômes démontrent qu'elle n'est jamais compliquée d'un grand degré de putridité ; puisqu'il paraît, par les ouvertures cadavériques, que l'inflammation, si elle n'est la cause, est du moins la conséquence de la maladie, il est évident qu'on ne doit négliger ni la saignée, ni les évacuations. Aussi le docteur *Duglass* nous avertit-il que lorsque la fièvre est forte et le malade pléthorique, ou qu'il est dans l'usage de se faire saigner, il faut faire ôter du sang, mais avec modération. Il conseille même la saignée à la jugulaire, lorsque les amygdales sont très-enflammées, et que la déglutition est pénible, dou-

loureuse; et Huxham nous assure que dans le
mal de gorge ulcéré qu'il nous décrit, quelques malades éprouvaient une fièvre assez forte
qui exigeait dans les commencemens l'usage de
la saignée, et il fut souvent obligé de prescrire
le nitre et les diaphorétiques. Au contraire, Fothergill nous assure que dans l'affection qu'il a
observée, et dans laquelle il paraît que le mal
de gorge était porté à un haut degré de putridité, il n'a jamais retiré aucun avantage des sai-
gnées qu'il a quelquefois prescrites, et il est d'avis
qu'on doit en général s'en abstenir, malgré la vio-
lence des symptômes. Parmi ceux qui ont eu recours à ce remède, dans la maladie qui a régné
ici, je ne connais personne à qui il ait été utile;
je n'oserais donc le prescrire; mais j'en abandonne l'emploi à la prudence de chaque praticien, jusqu'à ce que l'expérience nous ait appris
s'il est utile ou si l'on doit s'en abstenir.

J'ai déjà remarqué que ce virus avait une
tendance particulière à attaquer l'arrière-bouche
et la trachée, et que les effets qu'il produit sur
ces parties sont très-remarquables. Le mal de
gorge, tel qu'il a été décrit par Fothergill, produisait des escharres gangréneuses à la gorge;
mais dans la maladie que j'ai observée, les
glandes, ainsi que la trachée, ne paraissaient
recouvertes que d'un mucus extraordinairement

épaissi en forme de membrane. Je crus d'abord que ce mucus était une espèce de pus semblable à celui que l'on rencontre quelquefois à la surface des membranes enflammées ; mais après l'avoir enlevé, la membrane propre ne paraissait point assez enflammée pour confirmer cette opinion, et d'ailleurs la trachée d'un homme qui mourut, il y a quelque temps, d'une violente inflammation de la membrane trachéale, ne contenait aucune espèce de mucosité. Ce n'est point non plus à un spasme ou à la constriction du poumon, qu'on peut attribuer la formation de ce mucus ; car il ne se rencontre point chez ceux qui meurent d'asthme spasmodique, et un matelot qui vient de mourir dans un violent accès d'asthme convulsif qui avait duré plusieurs jours, ne m'offrit ni dans la trachée, ni dans ses divisions, aucune espèce de concrétion membraneuse. Elle se rencontre assez souvent chez ceux qui sont morts à la suite d'une angine gangréneuse, ou du mal de gorge putride, si j'en juge par plusieurs ouvertures cadavériques dont le résultat m'a été communiqué par différens praticiens.

J'ai déjà remarqué que *Monro* l'aîné l'avait trouvée dans plusieurs sujets qu'il avait disséqués ; *Roland Martin*, professeur d'anatomie à Stockolm, rapporte à cet égard une observation fort remarquable chez un sujet qu'il disséqua. Cette membrane muqueuse tapissait les plus petites divisions des bronches, et à mesure qu'elle s'éloignait de la trachée, elle devenait de plus en plus mince, et finissait par n'être pas plus épaisse que la pellicule interne d'un œuf. Il ajoute que les poumons n'offraient ni inflammation ni aucune autre lésion, de sorte que l'enfant était évidemment mort de *suffocation*. Ceux qui, comme Huxham et Duglass, ont écrit sur le mal de gorge ulcéré, et qui n'ont point eu occasion de faire des ouvertures de cadavres, font cependant mention de plusieurs membranes muqueuses rendues par l'expectoration. Duglass les compare à la pellicule qui se forme quelquefois sur les vésicatoires, et Huxham les prend pour des morceaux de la membrane même de la trachée.

La formation de cette membrane est un phénomène qui semble particulier à cette maladie, et qu'on remarque ordinairement chez ceux qui en sont attaqués. Il est même probable que ceux qui meurent le deuxième ou le troisième jour dans des accès de strangulation, sont *suffoqués par cette membrane*. On doit donc regarder l'affection des glandes muqueuses comme la cause prochaine de la maladie ; c'est dans elle que nous trouverons l'explication des autres

symptômes ; c'est elle en un mot qui nous indi-
quera la méthode curative qui convient, sur-tout
au commencement ; mais cette méthode doit
toujours être adaptée aux symptômes de putridité qui peuvent survenir.

C'est uniquement en considérant la maladie
sous ce point de vue, que nous pouvons rendre
raison des bons effets que l'on retire du mercure,
ainsi que l'expérience l'a démontré. Si cette
affection est spasmodique , on conçoit aisément que le mercure puisse être utile ; mais
si elle était de nature purement putride , le mercure ne pourrait que lui être nuisible. De plus ,
si , indépendamment de la putridité , nous con-
sidérons l'acrimonie particulière que cette maladie engendre dans les fluides , ainsi que l'épais-
sissement du mucus de la trachée , nous en
concluerons (*à priori*) que le mercure , qui en
général a la propriété de *corriger l'acrimonie
des humeurs* , de fondre les sécrétions muqueuses , et particulièrement celle de la bouche et de
la gorge, d'agir promptement sur l'organe de
la respiration, peut prévenir la formation de
cette membrane , ou favoriser sa séparation
et son expulsion lorsqu'elle est formée. Ce
furent de semblables considérations qui enga-
gèrent le docteur Duglass à essayer le premier
ce remède , et le succès qu'il en obtint le

lui fit ensuite recommander aux autres praticiens. Voici comme il explique en peu de
mots sa théorie et sa méthode curative : « La
» plupart des affections de la gorge, nous dit-il,
» tendent naturellement à produire un ptyalis-
» me ; les préparations mercurielles employées
» avec discrétion sont des espèces de spécifi-
» ques dans les ulcérations de ces parties ; elles
» rendent la bouche et la gorge humides, empê-
» chent les ulcères de s'étendre, et procurent la
» chute des escarrhes ; elles ont encore l'avan-
» tage de détruire les vers si fréquens chez les
» enfans. Le calomel paraît mériter la préfé-
» rence sur toutes les autres préparations mercu-
» rielles. Les légers vomissemens et les évacua-
» tions alvines qu'il produit quelquefois ne
» troublent en aucune manière la marche de
» la maladie. Le turbith produit de trop fortes
» *révulsions*, et s'oppose par conséquent à l'é-
» ruption qui a ordinairement lieu. Cette maladie
» ne supporte aucune autre espèce d'évacuations
» que celles produites par les préparations mer-
» curielles. La *dépuration du levain acrimo-*
» *nieux de nos humeurs*, dit ailleurs le même
» auteur, dépuration qui forme la crise natu-
» relle de la maladie, paraît principalement se
» faire par les pores et les émonctoires de la peau
» et de la gorge. La salivation produite par le mer-

» cure et la décoction des plantes sudorifiques,
» sont les meilleurs remèdes qu'on puisse em-
» ployer dans les maladies vénériennes, et dans
» plusieurs autres qui dépendent *d'un virus*
» *corrosif.* Ce sera également par les mercu-
» riaux et par de légers diaphorétiques, que
» nous aiderons les efforts de la nature dans la
» maladie dont nous parlons ; ces remèdes
» joints à un régime convenable, manqueront
» rarement de produire la guérison, à moins
» qu'il ne survienne dès le commencement une
» *nécrose incurable* (*necrosis irremediabi-*
» *le*) ».

Quoique le style de ce médecin paraisse un
peu extraordinaire, ses observations n'en sont
pas moins exactes et judicieuses; et on ne peut
les révoquer en doute, puisqu'elles sont fondées
sur des faits incontestables, ainsi qu'il l'observe
lui-même.

J'ai expérimenté moi-même l'efficacité de
cette méthode chez cet enfant qui éprouvait à
un très-haut degré les symptômes de la maladie, et qui en fut délivré par une abondante
salivation.

Le premier enfant dont j'ai fait l'ouverture
avait pris les plus puissans anti-septiques admi-
nistrés à haute dose, non-seulement sans succès,
mais même sans la moindre diminution dans

les symptômes ; c'est ce qui m'engagea à faire
des recherches exactes sur la nature de cette
maladie, et sur la méthode curative la plus
convenable. Je lus avec d'autant plus de plai-
sir le petit essai du docteur Duglass, qu'il
n'a écrit que ce qu'il avait d'observé par lui-
même dans son pays. Les ouvertures que j'ai
eu occasion de faire, l'idée que je m'étais formée de la maladie, et celles que m'en avaient
données d'autres médecins, tout m'a engagé à
essayer les préparations mercurielles, que Duglass regarde comme la base fondamentale du
traitement. J'ai trouvé que l'éloge qu'il nous en
fait n'est nullement exagéré ; je me suis donc
permis d'augmenter successivement les doses
de ce médicament, et je n'en ai éprouvé que de
bons effets. Le calomel est la préparation la plus
usitée ; un enfant de quatre ans en prit en cinq
ou six jours plus de quarante grains ; et loin
d'en éprouver quelque incommodité, il s'en
trouva au contraire beaucoup mieux ; la respiration devint plus libre, et l'expectoration se fit
avec plus de facilité. On l'unit à quelque doux
opiat afin qu'il pénètre plus aisément dans les
pores, et qu'il devienne un atténuant plus puissant : administré sous cette forme, il est bien
rare qu'il fasse saliver les enfans, ce qui cependant n'aurait aucune conséquence fâcheuse. On

ne doit faire usage de l'opiat qu'avec modération ; une ou deux doses suffisent pour arrêter la tendance du mercure à s'échapper par
les évacuations alvines, les opiacés continués
trop long-temps émoussent la sensibilité de la
trachée, diminuent l'effet atténuant du calomel
et augmentent l'état comateux.

La vertu expectorante du calomel est rendue
bien plus active par l'usage modéré de l'oximel
scillitique; ou si l'on craint que ce dernier remède
ne devienne purgatif, on peut lui substituer l'ipé-
cacuanha donné à dose assez forte pour exciter
quelques nausées. On connoît le bon effet des
vomitifs dans l'asthme humide : c'est sur le
même principe qu'ils sont indiqués dans le
croup, afin de débarrasser les poumons du
poids des mucosités qui causent l'oppression.
Loin d'être suivis d'aucun de ces mauvais
effets que l'on craint, ils ne manquent jamais
au contraire de rendre la respiration plus aisée.
Fothergill a le plus grand soin d'en recommander l'emploi ; et ils sont d'autant plus utiles et
nécessaires, que la maladie a plus de tendance
à la putridité. Car, dans ce cas, le mucus et les
différentes matières qui viennent du canal de la
respiration, et que les enfans avalent ordinairement, sont d'une grande acrimonie, et si on
ne les évacue fréquemment par de légers

vomitifs, ils produisent des érosions sur la membrane interne de l'estomac, et aggravent la maladie. Si Huxham fut souvent obligé de faire vomir ses malades avec un peu d'oximel scillitique, d'antimoine, etc., *de peur que l'énorme amas de mucosités tenaces ne les étouffât*, à plus forte raison devons-nous employer ici les vomitifs, et l'exemple de ce médecin suffit pour combattre le préjugé qui s'oppose à l'emploi de ce médicament. Comment pourrait-on révoquer en doute son utilité, puisqu'elle est fondée sur l'analogie, sur l'expérience, et principalement sur l'autorité des trois auteurs qui ont le mieux écrit sur cette matière, je veux parler de Fothergill, d'Huxham et de Duglass ?

Quoique le mercure puisse être considéré comme la base du traitement, sur-tout au commencement de la maladie, il ne faut point pour cela négliger l'usage des *alexipharmaques* et des anti-septiques, parmi lesquels on doit sur-tout compter la serpentaire de Virginie, le contrayerva et le quinquina, dont on a éprouvé les plus heureux effets. Il est certain que la transpiration est un des moyens dont se sert la nature pour procurer une crise favorable ; Huxham assure même qu'il n'a jamais vu périr aucun malade toutes les fois qu'il est survenu une sueur douce, facile et générale : il faut donc tâcher de la favoriser, quelque méthode curative que l'on suive. On fera garder le lit au malade, et comme le croup tend naturellement à devenir putride, les diaphorétiques seront tirés de la classe des alexipharmaques et des anti-septiques. Le quinquina est l'anti-septique le plus puissant que nous connaissions ; on lui donnera donc la préférence toutes les fois qu'il se déclarera des symptômes de putréfaction, tels qu'une peau humide et visqueuse, une haleine très-putride et des hémorragies. Mais au commencement de la maladie, lorsque la peau est sèche, la respiration très-difficile, et que les symptômes d'inflammation sont plus prononcés que ceux de putréfaction, on aura principalement recours aux préparations mercurielles unies aux doux diaphorétiques ; en un mot tout l'art du traitement dans cette maladie consiste à savoir employer à propos ces divers remèdes, et à donner la préférence à l'un ou à l'autre, suivant que les symptômes de putridité ou d'inflammation deviennent prédominans. On a aussi recommandé l'usage de la racine de *polygala seneka*, et lorsqu'on en peut faire prendre aux enfans, elle est très-propre à rendre plus active la vertu fondante du calomel ; c'est un des anti-septiques les plus puissans que nous connaissions ; mais elle est d'un goût très-désagréable, et les enfans prennent

plus facilement le contrayerva. Ce n'est pas
uniquement par les sueurs et la salivation que se
fait la crise naturelle, elle s'opère souvent par
une éruption cutanée, par des ulcères derrière les
oreilles ou sur d'autres parties du corps, par
un gonflement externe de la gorge, et dans
tous ces cas, les vésicatoires sont évidemment
indiqués ; aussi sont-ils conseillés par Fothergill
et Huxham, et particulièrement par ce dernier, qui assure avoir fait appliquer avec le plus
grand avantage de larges vésicatoires qui recou-
vraient le cou, de l'une à l'autre oreille. On a
dit qu'ils causaient quelquefois la mortification,
et que la suppuration qu'ils produisent pouvait
affaiblir considérablement le malade. Je n'ai jamais eu occasion de remarquer de semblables
effets, et je pense qu'ils ne peuvent avoir lieu
que lorsque la maladie est d'un mauvais caractère, et que la putridité est portée à un très-
haut degré. On appliqua des vésicatoires derrière
les oreilles à un enfant qui mourut au huitième
jour de sa maladie, et ils ne produisirent ni
mortification ni gangrène, pas même après la
mort. Je viens aussi d'éprouver depuis peu leur
bon effet, dans un cas très grave, où ils suppléè-
rent avantageusement les évacuations critiques
dont se sert la nature pour se débarrasser de la
matière morbifique. Je pense que dans cette ma-

ladie, ainsi que dans les angines inflammatoires et les pleurésies, il faut appliquer les vésicatoires dès le commencement, afin de donner du ton à la gorge et à la trachée, et d'attirer l'humeur à l'extérieur.

Je crois devoir rapporter, dans tous ses détails, l'observation suivante, tant à cause de la gravité des symptômes qui furent portés au plus haut degré, que parce que la méthode curative que je viens d'exposer fut suivie avec exactitude, et que je ne puis m'empêcher de regarder l'heureuse terminaison de la maladie comme une preuve de son efficacité.

Une petite fille de deux ans et demi se plaignait depuis huit jours de mal de gorge et d'enrouement ; le jour où je la vis, la respiration, qui avait commencé la veille à être un peu embarrassée, était devenue très-difficile et absolument semblable à celle que j'avais remarquée chez les enfans des observations précédentes, lorsqu'ils étaient dans leur plus violent accès de strangulation. En examinant la gorge, je découvris les amygdales gonflées, enflammées, et couvertes d'une croûte jaunâtre ; l'haleine n'avait aucune odeur désagréable ; le pouls était petit et intermittent, la peau pâle et moite. On appliqua sur-le-champ, derrière les oreilles, deux larges vésicatoires, qui venaient se joindre au devant du cou; je lui fis prendre quatre grains de calomel et un quart de grain d'opium ; la boisson ordinaire était une décoction de polygala de Virginie édulcorée avec de l'hydromel, et comme la peau était toujours pâle et moite, je recommandai qu'on donnât, toutes les six ou huit heures, un lavement composé d'un gros de quinquina et de dix grains de polygala ; mais on ne put lui en faire prendre qu'un pendant la nuit, et comme nous nous aperçûmes qu'elle les rendait aussitôt qu'elle les avait pris, on en cessa l'usage ; elle ne prit également qu'une très-petite quantité de sa boisson.

Je la vis plusieurs fois le premier jour de sa maladie, et à chaque fois les symptômes étaient plus graves. Elle fut prise d'un violent accès vers huit heures du soir, et à neuf la respiration était beaucup plus difficile, le pouls presqu'insensible, la figure décomposée, les ailes du nez resserrées, les yeux fixes et transparens, la bouche cernée d'un cercle bleu : elle était dans un état comateux. Je la laissai dans une véritable agonie ; on venait de lui lever les vésicatoires qui avaient bien pris et formé une cloche assez considérable. Au bout de deux à trois heures, on vint m'avertir qu'elle semblait donner quelqu'espoir; je fus bien surpris le lendemain matin de la trouver non-seulement vivante, mais assise dans son lit, et occupée à déjeûner. La respiration était presqu'entièrement libre, la figure dans un état à-peu-près naturel, les joues un peu colorées, et le pouls assez élevé. Cependant vers midi, la respiration, sans menacer de strangulation comme auparavant, devint précipitée et laborieuse. La malade resta encore cinq jours dans un état très-dangereux et qui n'offrait que bien peu d'espoir; la respiration continuait d'être prompte et laborieuse, la voix entièrement éteinte, le pouls faible et précipité; les sueurs étaient très-abondantes, sur-tout pendant la nuit. Elle était continuellement dans un état comateux, quoiqu'elle pût répondre aux différentes questions qu'on lui adressait; son haleine ne me parut point désagréable; mais les matières qu'elle expectorait avaient quelque tendance vers la putridité; les vésicatoires rendirent pendant plusieurs jours une grande quantité d'une matière tellement âcre, que toute la peau, depuis le menton jusqu'à la clavicule, était enflammée et corrodée. Elle prit dans l'espace de cinq jours trente grains de calomel, ce qui faisait par jour six grains que l'on divisait en deux doses: on avait ajouté de l'opium à la première dose. Elle continua l'usage de la décoction de serpentaire de Virginie, et on lui en faisait prendre le plus qu'il était possible. Il y avait sept jours que je donnais des soins à la malade, lorsqu'elle fut prise d'un violent accès de toux qui lui fit rendre une grande quantité de mucus épais et concrété. La respiration devint alors plus libre ; elle ouvrit les yeux, regarda autour d'elle d'un air plus gai et but un verre de vin. Depuis cette époque son état s'améliora successivement, et au bout de huit jours tous les symptômes avaient disparu, à l'exception de la faiblesse, et d'un enrouement, ou plutôt d'une extinction de voix qui ne lui permettait de se faire entendre qu'avec la plus grande difficulté. De plus, le larynx était tellement sensible au contact des liquides, qu'à l'instant où elle essayait de boire, elle était saisie d'un accès de toux, et cependant elle pouvait facilement avaler les alimens solides. Cette excessive sensibilité disparut bientôt ; mais les deux autres symptômes persistèrent avec une telle tenacité, qu'au bout de deux mois à peine pouvait-elle marcher sans soutien, et se faire entendre à une certaine distance.

Les ulcérations qui paraissent ordinairement derrière les oreilles, ou sur d'autres parties du corps, exigent un traitement particulier. On doit entretenir leur écoulement par des lotions fréquentes d'eau et de lait tièdes, et par l'application de cataplasmes émolliens ; mais les corps gras produisent un effet tout opposé ; aussi sont-ils constamment nuisibles. Je n'ai également retiré aucun avantage des digestifs ; cependant , lorsque l'évacuation durait trop long-temps, il y avait indication de l'arrêter , ce que j'obtenais par le moyen d'une très-faible dissolution de vitriol blanc, dont je n'ai jamais remarqué aucun mauvais effet ; mais je n'employais ce remède qu'avec la plus grande précaution , et je n'y avais jamais recours qu'après avoir *corrigé* par l'emploi des mercuriaux le *virus* particulier à cette maladie. Je me servais des gargarismes employés par le docteur Fothergill ; les fomentations à la poitrine , et les fumigations de vinaigre chaud , dans lequel on avait fait infuser quelques herbes légèrement aromatiques procuraient beaucoup de soulagement ; elles atténuaient le mucus épais de la trachée , et en stimulant doucement le canal de la respiration , elles excitaient une petite toux et facilitaient l'expectoration. Il survenait quelquefois dans cette maladie des symptômes accidentels qui demandaient un traitement particulier.

Telles sont les idées que je me suis formées de la nature et du traitement de cette maladie, d'après l'observation exacte de ses symptômes et de la marche qu'elle suit. J'avoue que cette affection est formidable , que sa terminaison est souvent funeste , et que ce n'est pas sans raison

que les parens s'alarment lorsqu'ils en décou-
vrent les plus légers signes chez leurs enfans;
mais d'un autre côté, elle a des caractères très-
tranchans, et tout médecin qui l'aura déjà observée la distinguera facilement de toute autre
maladie.

La dénomination de *mal de gorge*, qu'on ne
lui donne que trop souvent, n'est propre qu'à
jeter de la confusion sur cette maladie. Combien
ne voit-on pas de parens prendre pour une angine suffocative le plus léger mal de gorge, et
s'alarmer ainsi de l'apparition de symptômes
qui ne sont nullement effrayans! L'arrière-bouche et le voile du palais sont, à la vérité, souvent
affectés dans cette maladie; mais ils ne doivent
pas être regardés comme le véritable siége de
cette affection; il n'est pas même rare de voir
plusieurs malades mourir sans qu'on remarque aucune altération à ces parties. Le gonflement des amygdales, la formation d'une tumeur
derrière le voile du palais, l'inflammation ou la
mortification de ces parties peuvent même
exister sans qu'il y ait suffocation striduleuse.
C'est ainsi qu'une respiration laborieuse, une
toux rauque et sourde, une altération particulière de la voix, lorsqu'il n'y a point d'inflammation, peuvent exister sans qu'il y ait esqui-
nancie; mais on ne peut douter que la trachée-ar-

tère et l'organe pulmonaire ne soient grièvement lésés dans la suffocation striduleuse : c'est même dans cette lésion qu'il faut chercher les signes caractéristiques, c'est dans elle que consiste tout le danger. Quiconque saura apprécier l'état de la respiration, pourra toujours distinguer cette affection de toute autre maladie, rassurer les parens lorsqu'ils s'alarment mal à propos, et épargner aux enfans des traitemens erronés et dangereux.

FIN.

De l'Imprimerie de FEUGUERAY, rue Pierre-Sarrazin, n°. 11.

OBSERVATIONS
SUR LE CROUP,
OU
ANGINE MEMBRANEUSE.